作者简介 >>>

唐曲，男，壮族，籍贯广西平果，生于 1966 年 5 月 10 日。现在广州市南沙区第一人民医院工作，执业医师。

广西百色市古壮拳协会副会长。

昂拳第十二代传人。

（百色市）市级非遗文化传承人。

ANG QUAN

昂拳

非物质文化遗产昂拳
是迄今为止，国内发现的
最古老、最完整的
原生态壮族武术

唐曲◎著

漓江出版社
·桂林·

目录
Contents

001 ｜ 壮族武术的历史发展及流变

005 ｜ 我所知道的昂拳

015 ｜ 壮拳知识问答

026 ｜ 论桂西壮传武术的历史形成与传承

029 ｜ 从昂拳看壮族武术与古泰拳的关系

034 ｜ 广西古壮拳（狼兵武技）——昂拳体系

042 ｜ 昂拳规定套路动作讲解

075 ｜ 昂拳系统训练

080 ｜ 古代狼兵武技——纷撒五刀

昂拳刀盾术：对阵敌刀枪时的攻防架势

壮族武术的历史发展及流变

　　广西地处祖国南疆边陲，在漫长的历史中，这个地区虽处在中央政权的管辖之下，但经济文化相对落后，直到明朝末年都是十省重犯的流放地，社会不太平，流寇盗贼啸聚山野，案犯刑徒转徙其间。因此这里民风彪悍，骁勇好斗。广西以多山著称，丘陵众多，山高林密，地形复杂，凶禽猛兽出没深林。为了生存，也为了保护自己的家园，尚武之风感染着勇敢剽悍的壮族人民，于是，一种沉酣稳健的民间武术——古壮拳在这里悄悄生根发芽……

一、壮拳的历史

　　壮拳，简单来说就是壮族武术。其源远流长，历史可以追溯到没有文字记载的远古时代。早在2000多年前，壮族人民的祖先骆越人在广西崇左宁明县留下了神秘的花山岩画。研究者发现，岩画上的武士动作架势已粗具武术的雏形。

　　有关壮族武术的最早记录是西汉《淮南子》：公元前219年秦始皇发动40余万大军南征百越，秦军一直打到广西桂林一带，"而越人（壮族先民）皆入丛薄中，与禽兽处，莫肯为秦虏"。壮族先民充分利用有利地形地势，躲入深山与野兽为伍，夜袭秦军，杀伤秦军数十万人，主帅尉屠睢也被杀死。这些灵活多变、借势御敌的战术是对壮族先民武术的最早记录。

宋朝时期侬智高起兵，据《孙威敏征南录》载："……用蛮牌捻枪，每人持牌以蔽身，二人持枪夹牌以杀人，众进如堵，弓矢莫能加，久为南患。"侬智高的"三人小组"集体战法，表明当时壮族武术在战场上达到很高的水平。

明嘉靖三十三年（公元1554年）倭寇来犯，朝廷软弱无力，屡战屡败。在民族危难时刻，田州土司壮族女英雄瓦氏夫人亲自率领6800余名战士驰骋千里，奔赴东南沿海参加抗倭斗争，"狼兵"纵横在当年的神州大地上。"狼兵"凭借高超的武技在抗倭前线冲锋陷阵，所向披靡，屡建奇功。王江泾大捷，斩敌三千余，打破了倭寇不可战胜的神话，迅速地扭转了战争局面，获得了"广西狼兵雄于天下"的称号，后来成为明军中最精锐的部队之一。瓦氏夫人在战场上杀敌的双刀武术也传入江浙一带，影响后来的当地武术发展，壮族武术大放异彩。明朝末期，"狼兵"在宁远大战中力挫当时天下无敌的清八旗军。

二、壮拳的发展

据史料记载：唐代时期壮拳逐渐成熟，并广泛流传于广西境内。经过上千年的流传，壮族武术枝繁叶茂，范围广，门派多，因此壮拳并不是一套固定的武术或者一门派武术，而是包含了多种拳术的集合。壮拳经过几千年的发展，到了今天，我们能够看到三种风格不同的壮拳：古代壮拳、近代壮拳和现代壮拳。

（一）古代壮拳是远古时期至今的壮族原生态武术，时间已经难以界定，目前国内发现的古壮拳只能追溯到400多年的历史，古壮拳的技法以军旅武术为主，主要是战场上的格斗技法，讲究以重创、致死对手为目的。但这一类原生态的壮族武术大部分已经残缺不齐了，已经到了濒临灭绝的地步，让人欣喜的是近几年当地政府部门非常重视，组织各方面专家学者展开考察调研。经过不懈努力，在2017年成功地召开了广西古壮拳研讨会，成功挖掘及整理出三支原生态的壮族武术：昂拳、傅家拳、黄氏家拳。同年10月，在百色市政府直接关怀下成立了百色市古壮拳协会，以"保护、挖掘、推广壮族武术文化"为中心展开工作，让这一古老的壮族技艺重新焕发生机。

（二）近代壮拳（壮传武术）指明清时期的外来武术，流传到壮族地区并融入当地，广大壮族人所承习，在当地生根发芽开花结果形成本地化的武术，约有300年历史。壮传武术主要是以广东、福建沿海一带的南方武术为主，这类壮传武术都有一个共同点：可以在外地的武术中找到自己的根源及文化。其拳术风格沉酣稳健、舒展大方、节奏分明，观赏性大大地提高，具有很高的技击水平。

（三）现代壮拳是新中国成立后新编的壮族武术，主要是表演套路，用于舞台文艺汇演。

三、研究壮族武术的现实意义

（一）民族情感桥梁，培养爱国主义精神。壮拳是几千年以来我们壮民族的优秀文化结晶，同时也是中华武术的一个组成部分：抗倭名将戚继光、俞大猷曾汲取壮拳技艺训练他们的队伍，进而大败倭寇，并传入江浙一带。壮拳的广泛流传对江浙、福建、广东沿海一带的武术发展，对中国武术文化发展做出了贡献。

（二）古壮拳与东南亚各民族武术关系的研究。在"一带一路"倡议背景下，构建文化共享、合作与交流的国际关系，民族体育已成为广西与东盟交流的新亮点，具有重要的历史研究学术价值和社会意义。

（三）增加民族自信感及认同感。壮拳是几千年以来壮族人民的优秀文化结晶，也是中华武术的一个组成部分，是古代先民留给后人的丰富遗产。它不仅是一套搏击术，而且还是壮族人千年情感的凝聚，承载了壮族的文化历史，体现了壮族人民勇敢、坚韧不拔、不畏强暴的优秀品质。

（四）古壮拳的文化价值。古壮拳背后的仪式与文化的牵连是一种文化丛结，是不能脱离当时的历史背景的，如土司的军事制度对武术的影响，对武术的遗存形态起着至关重要的作用，这也是研究土司文化的好角度。古代壮族人独特的技击术对于现代人来说也有值得借鉴的地方：狼兵独特的行军布阵及战术思维，兵器、毒药、壮医、壮药等都有研究的价值，也能还原当时历史时期概况。如果不及时挖掘收集，后果不堪设想，我们优秀的民族文化逐渐消失，被取代是不可避免的！

（五）壮拳在当今社会的研究价值。宣传和组织群众参加古壮拳相关活动，可以增强人民体质，提高传统武术竞技水平。

我所知道的昂拳

流传于岭南一带的古代壮族武术，又被誉为"南拳始祖"，"狼兵骁悍，天下称最"，壮族武士的强悍、骁勇善战更是天下闻名。

明代的壮族士兵被世人称为"狼兵"，他们所习练的武技又被称为"狼兵武技"。时光荏苒，随着时代的变迁及社会的发展，大部分的狼兵武技都已经消失在历史的长河中了，保留下来的古老的狼兵武技，目前发现并能够确定的仅有三支，昂拳是其中的一支。

一、昂拳的历史

昂拳是发源于广西平果榜圩的古老壮族武术，"昂"是壮语的发音，厉害坚硬的意思，"昂拳"也就是厉害的拳术的意思，也称壮族的"军拳"，流传于广西平果榜圩、田东思林及都安县江南乡等地方。昂拳作为当地平民及士兵训练的武术，一直延续到清代改土归流之前，后被当地人习练，明确的历史至今已有418年，十二代人传承有序，谱系完整，是国内迄今发现的保存最完整、最具代表性的原生态古代壮族武术之一。

从唯物辩证法和历史发展观分析：昂拳绝非个人所创，而是千百年来壮族先民在频繁的战争中，经过血与火不断淬炼形成的武术技艺。

因关于其传习土司家族的家史及文物多数毁于"文革"浩劫，导致历史资料残缺不全。后经多年努力，初步考证为明清时期土田州下恩里（今广西平果市榜圩镇乐圩村福吉村巴吞屯），世袭"里目"黄氏土司历代承习的拳术。

从现在的资料可以知道：明朝时田州黄氏土司后人黄□故之父率兵到广西平果榜圩一带驻守，披荆斩棘，开辟疆土，繁衍生息，具体传承多少年已经不详。

当地老百姓称土司家族为"白衣人"，据说是当地的一种古代的制度，为了区别其他平民百姓，以显示土司高贵的身份，禁止平民百姓穿白衣服、白袜子等。这种风俗习惯在桂西地区沿袭至少有上千年的历史。

由于土司家族的资料及文物多数毁于"文革"，家谱田契等被焚烧，祖坟棺木被挖出，坟碑被摧毁成碎石铺路，很多资料都荡然无存了，唯一仅存的实物是一块土司墓碑，竖立在福吉村巴吞屯的一块水田的中央，因而躲避过浩劫，墓碑的碑文是清嘉庆二十三年（公元1818年）刻的，内容是第五代土司黄国裕妻子的生平事迹，从200余年前石碑上斑驳的文字中，可以略窥一二。

最后的一位土司黄金国生于道光二十三年（公元1843年），因1860年左右清政府在当地实行"改土归流"政策，被废除官位。

从空中鸟瞰，整个黄氏土司的领地就如一个狭长的大峡谷，周围的群山沟壑犬牙交错，典型的西南喀斯特地貌，高山环绕，连绵不断，形成了天然的城墙，完全与外界隔离。唯一通道就是群山之间狭小的山麓，一旦在此设置城墙封锁，易守难攻，外人很难通过，而峡谷内却是另有一番景象：有良田万顷，河流蜿蜒穿过，峒内就显然成为独立的王国。据老人说除了铁和盐，一辈子都可以不出"峒"，居民可以完全自给自足，丝毫不受外界影响。

黄氏土司居住于福吉村巴吞屯，这是其势力范围内的核心统治区，为当地数百里最好的峒场。峒场内居民，主要是"土人（壮族人）"，他们世代居住此地。

二、昂拳为何那么凶狠

封建社会里西南土司之间仇杀、兼并，发生的战争多不胜数。黄氏家族掌管此地的几百年间，与周边的土司不断混战，血腥杀戮。故当地土司为了应付战争，训练士兵及平民的武技，无所不用其极，其技法特点：原始，古朴，拳风凶狠，源承远古壮族先民适应恶劣自然环境，狩猎，保家卫国，抵御外敌入侵，夯实于血腥古战场生死搏斗经验积累，所以昂拳有"一命一拳"之说，即这种拳的每一招每一式均是一位士兵的生命换来的。

20世纪70年代，群众曾经在乐圩附近挖掘出120余口楠木棺材，2000年，我回故居祭祖，亲眼见过一块棺材板，有约20厘米厚，黝黑黝黑的，但是仍异常坚硬。2008年，我的朋友梁先生，一位长期研究壮族历史文化的学者，亲访乐圩镇，找到了黄乐山（先师黄孟建的二儿子），老人给了他一块30厘米左右的这种木块，后梁先生将木块拿到了南宁市农科院，经权威鉴定为金丝楠木。

当年参与挖掘者回忆说：挖出的100多口棺材完全统一的制式，显然是同一时期的产物。棺材里面没有任何的陪葬品，仅见人体的遗骸枯骨及土布衣服，遗骸枯骨大部分都是残缺不全的，缺手断足，很多还是没有头颅的，枯骨上面清晰可见不同的刀斧击打痕迹，一些刚掀开棺材盖时甚至还可以看到陪葬的粗土布衣服上残存着一整片黝黄黝黄的斑块，明显是人血遗迹，已有几百年的历史。最残酷的是一具骷髅头上仍扎着古代的铁箭头，已穿透头骨盖，锈迹斑斑的已经和头骨融在一起，黝黑的箭头与白花花的头骨形成鲜明的对比，非常瘆人！

这些楠木棺材看起来有数百年历史了，因为楠木在当地已经绝迹近百年了，这些棺材刚挖出来时仍然十分完整坚固，不腐不朽，滴水不漏，质地非常好。由于长期砍伐及气候改变等诸多因素，当地很多人一辈子都没见过楠木，更别说完整的楠木棺材了！

楠木绝迹百余年的地方，一夜之间同时挖掘出大量金丝楠木棺材，在广西的历史上是非常罕见的，具有非常高的历史社会及自然研究价值，可惜当时由于社会政治背景，以及人们对保护历史文化的意识淡薄，再加上没有发现珍贵文物及陪葬品等诸多因素，此事没有得到足够的认识和重视，这些珍贵的历史见证物就肆意被扔弃，散落在田间荒野任风吹雨打、烈日暴晒，有的被劈开当柴烧掉了，少数被当地的农民改作喂猪的食槽。珍贵的历史实物见证，被无情践踏，现在想起来仍令人心痛不已。

在古代，土司之间的战争是十分激烈频繁的，战争是催化武力发展的直接因素，武力也是生存的唯一保障，因此作为黄氏家族武力保障的昂拳，其地位是十分崇高的。

三、昂拳传承及技法

昂拳究竟从何而来？又是何人所传授？昂拳原来是否也叫昂拳？诸多疑问，现在已经无法得知了，先祖从何处迁徙而来？目前家族有几种不同说法：有的说是白山司，有的说是都阳和田州，也有人说从山东随狄青征侬智高而来的，后者的说法显然是不科学的，因为先祖的领地属于土田州下恩里，古时属于田州故地，清末改土归流后才设置恩隆县，所以祖先应该是来自土田州，但没有具体的文献资料记载，现在已经无法考究了。

第一代先祖黄□故于万历三十八年（公元1610年）出生于乐圩当地，其父率军到乐圩等地"剿匪平贼"（何"贼"不详，根据当时历史情况分析，最大的可能性就是平瑶、灭瑶）后一直驻扎在当地，用昂拳训练士兵昂拳在当地流传最少有400年以上的历史。随着火器广泛使用，冷兵器时代结束，大部分传统武术不断受到冲击而衰落，但黄氏家人在解放前仍有白衣后人秘密练习，作为土司后人防止他人寻仇和看家护院的一种技艺，故昂拳能够顽强地保留下来，实属不易。

昂拳主要分有徒手拳法及兵器格斗技法，其中兵器格斗技法的演练是套用徒手套路"空手拳"来练习的，并提取惯用技法为专修，是为"拳械练用一致"。目前传承至今的壮族狼兵武技均有"拳械一致"明显特征。

古时昂拳徒手格斗术共有8套，是8个兵种的武技，每套拳术均代表一支兵种，如长枪术、刀盾术、双刀术，就代表长枪兵、刀盾兵、双刀兵。

其中比较特别的是纷撒刀术（壮语，其实物就是一种类似于无挡手的砍刀，也有专家考证后认为是峒刀）。纷撒刀的拜师礼我是亲眼见过的。我向先师学徒手拳两年后，有一次暑假回到故乡找到他，他看了我练的昂拳套路后，对我点头说："练得还可以，今晚可以练到刀。"练刀前要先拜"刀"。

这种刀法颇有神秘色彩，操练时选择在午夜时刻，寻找四处无人的地方。恩师取出用红绸子绑着的刀，轻轻打开。"纷撒"就是一种类似于砍柴刀的长刀，大概有八九十厘米长，三横指宽，头部稍尖翘，刀把处没有护手，这样的砍刀很像云南户撒刀，又像泰国、缅甸的砍刀。让我印象最深的是，这种刀在手电筒光照射下，发出一种类似白菜的青光，白中泛青，与传说中宝刀发出的蓝光不一样。

恩师小心翼翼地把马放在地上，对刀进行祭拜，又用酒在四周撒祭，口中念念有词，如泣如吟，似乎着了魔地左右摆动，又像跳舞一样，在夜深人静的时候尤为肃穆。他围绕宝刀走三圈，跪下去，然后拿起刀舞起来。

这刀法十分古朴笨拙，来去也就是那么几招，反反复复，特别的是这把长长的砍刀在老人家手中来回舞动，刀法很有特点：砍上砍下，左劈右挑，双腿不断地移动，有"一步一砍"的感觉。老人家年纪70多岁，刀法缓慢、沉重、坚定。等舞完，老人已经是气喘吁吁，却显得无比亢奋，这时我突然发现老人的眼里射出一种诡异的寒光，令人毛骨悚然，他神秘兮兮地对我说："当时先人留下这套刀法可以保护家人。"

恩师给我演示的纷撒五刀，是昂拳精华中的精华！这五刀包括"砍头、抹颈、刺心、剖腹、剁手足"五大用刀的技法，换为徒手拳就包括：摆拳、直拳、踩脚、扫腿、冲肘、砸肘、横肘、顶膝、拌摔等。简单的几个招式，包含了博击各种技战术，千变万化，无论练用皆法无定法，势无定势，可谓至精至简至易，蕴藏博击术的精华！崎岖山道，灌木丛林，山川激流中，白昼黑夜等都能够灵活使用。众所皆知，日本武士刀法天下闻名，归根究底也不过三五招。

后来我才慢慢知道：纷撒刀其实就是现在壮族同胞用的砍柴刀，长短不一，无疑是壮族先民用于生产劳动的一种工具，这也证实了古代壮族先民的半兵半农的性质。当侵略者闯入家园时，每一个善良的农民随时就变成一名狼兵，抗暴除恶，保护家园。

非常可惜的是昂拳大部分已经失传，传到我手中现存的仅有2套半，是古代狼兵中的腰牌兵遗留下来的刀盾术、散兵拳。昂拳完整套路总共51个招式，但是有的招式是重复的动作及拜师式，故真正的招式是43个动作。

"昂拳"的"昂"字，在当地壮话中有凶狠的、厉害的及硬的之意。昂拳的招式名称全部使用农村生产生活中常见的事物来命名，均为朴实无华的壮语，如毒剖扣恭（螃蟹捉虾）、毒歪腾梅（水牛撞树）等，形象生动地表明每个招式的格斗意图，易于领悟。

四、昂拳传人黄孟健

恩师黄孟健（1921—1999），是昂拳第十一代传人，享年78岁。他是广西平果市榜圩镇乐圩村人，是我奶奶黄莲氏（黄金国的孙女）的堂弟。

恩师自幼随家族白衣武师习武，精通昂拳技法，颇得真传。1948年参加革命后，他任中国人民解放军桂西独立团（83团）3营9连指导员，本人父亲就是1949年在恩师的带领下参加革命的。恩师在血雨腥风的战场上经历枪林弹雨，出生入死，凭其武功高强，身先士卒。

恩师一身高超的武艺，但传下来的不多，在部队时为了革命需要，也曾经无私地传授给士兵昂拳技法，助士兵在战场上拼刺杀敌。解放后仅有榜圩镇上局屯里的黄海珠、黄英、黄超等几个人略知此武技，这些人都是当年先师带领下投奔革命的黄姓弟子。

恩师家族中珍藏有许多当地文献的手抄资料，有的已经有数百年的历史，是研究古代壮族文化历史的难得一见的资料，弥足珍贵！由于恩师长年在外工作及当年的历史原因，家族中很多的资料及实物都没能很好地保存下来。

随着缕缕轻烟，这些承载着千百年壮族珍贵历史的资料永远散去，留给我们后人的是无尽哀思。每提起这些伤心的事情，总不免老泪纵横。

五、岌岌可危的昂拳

昂拳是战争中生死搏杀的技艺，后随着封建土司制度的瓦解，冷兵器时代的结束，最终沦落为封建会门看家护院的实战武技。据称为了防止他人的报复杀戮，昂拳的传教有极严厉的家法门规，只有黄家的白衣人才可以接触，绝不传外人。

解放前在平治乐圩当地学昂拳的黄氏家族弟子还有十几人，这些都是土司后裔白衣人，后来大部分都因战乱及养家糊口缘故远走他乡，留在本地的目前也只有几人而已。

昂拳消失有很多原因，其中有一个很重要的原因是当年门徒入门仪式很烦琐，且十分恐怖，极其愚昧：不仅焚酒喝鸡血，睡棺材底，发毒誓，还喝陈年棺材里的"尸水"，说是喝了白衣人尸骨的水，祖先的灵魂就会附在自己身上，可保佑自己逢凶化吉等。现在听起来都感到十分不适，但是在那个愚昧落后的旧时代就是有人喝这种"神仙水"治病。

其实昂拳作为壮族古老武术的代表，用现代科学眼光看待这些现象，真正了解其内幕，就会发现它也没有多神奇恐怖。主要的原因不外乎昂拳在古代作为主要训练战场杀敌的武术，掌握及精于昂拳技艺的人其地位极高。后来随着时代的变迁，土司制度的瓦解及火器的广泛运用，他们的地位发生了根本改变。这些人迫于生活，继承古代实战格斗技艺的同时，为了自身的利益，沦为封建门会的卫道士，不断通过各种手段夸大、神化武术，掺杂封建迷信，故弄玄虚愚弄百姓，达到维护个人利益尊严的目的，如此一来，昂拳与百姓渐行渐远，最后成为传说。

2001年，我和父亲又回到阔别多年的故乡，令我失望的是，在昂拳的发源地平果市榜圩镇乐圩村，没有一个人知道昂拳，除了几个年事已高的老人依稀记得本地武术南拳、少林拳、师公拳等，没有一个人知道壮族武术的存在。更让我无法接受的是：我与家乡的亲戚谈到祖先的历史，黄家的昂拳、白衣人等，大部分人都是一脸茫然，不知所云，很多亲戚竟然将"土司"误认是"土司机"，可悲！

我14岁随恩师学习昂拳，至今已有43年了，恩师离我们远去已30多年了。回思往事，恩师音容笑貌仍历历在目，一切宛若昨日。而今在昂拳的发源地广西平果榜圩镇，昂拳竟然轻而易举地失传了，消失得无影无踪，成为壮族"传说"中的文化，心痛如割！我作为黄孟健大师最后一个弟子，不由感叹："弘扬壮拳，发扬壮拳，举步维艰，任重道远！"

2023年6月2日于广州万顷沙

壮拳知识问答

1. 问：什么是壮拳？

答：壮拳简单来说就是壮族武术。壮拳源远流长，可以考究到远古时代，壮拳在唐代即形成流派，是一千多年来广泛流传于桂西南一带的壮族武术。古代南方地区的生产力水平低下，频繁的战争，与凶猛的野兽搏斗，造就了人们坚忍不拔、顽悍的性格，形成了尚武的传统，壮族武术由此而来。

2. 问：古壮拳是不是和泰拳非常相似？ 两者有什么渊源吗？

答：是！古壮拳与泰拳、缅甸拳十分相似，包括格斗技巧内容及风格相似度达60%—80%。尤其是拳械功法要求更为相似，有区别于汉族武术的"拜师礼"（泰拳称为"拳舞"，是拳手上擂台进行比赛前进行的一种祈祷拜师礼仪，目前还没有发现国内传统武术有这一类仪式，唯独古壮拳有拜师舞），这就引发了不少人的疑问：泰拳与壮拳到底是什么关系呢？泰拳是不是壮拳的一个分支？！国内外学者对此持有不同的见解，众说纷纭，但是目前还没有直接的证据显示壮拳与泰拳、缅甸拳的直接关系。由于历史的渊源关系据历史学家考证：壮族和傣、布依、泰、掸、岱侬、老挝族在生活习惯、风土人情及语言上多有相似，所以在武技方面风格基本是一致的。由于各自文化背景不同，拳术主体性质的不同，所以说：壮拳不是泰拳。

3. 问：壮拳的风格特点是什么？

答：这个问题不好回答，因为古代壮拳与现代壮拳在风格特点上相差很大。

4. 问：可以详细说明一下壮拳的历史发展吗？

答：壮拳按历史进程可以分为三个时期，一、古代壮拳（狼兵武技时代），二、近代壮拳（壮传武术），三、现代壮拳。

一、古代壮拳。也称为狼兵武技、格斗壮拳、军拳。指在壮族地区远古时期至"改土归流"前的这一类原生态的壮族武术，有数千年的历史。这一时期的壮拳为古代狼兵训练用的武术，主要是用于战场上杀敌的武技：拳术原始、凶狠、强悍、血腥、讲求本能。每招每式完全以战场上格斗厮杀为需要，以重创甚至杀死对手为目的。

二、近代壮拳（壮传武术）。指明清时期到解放后这一段时期的壮族武术，主要是广东、福建沿海一带形成独有的南方武术，流传到壮族地区"生根发芽"，融入当地形成本地化的武术，有300余年历史。如南少林拳、洪拳、白鹤拳等经外省或汉族地区传入壮族地区，并为广大壮族人所承习，这类壮传武术都有一个共同点：可以在外来武术中找到自己的"根"。另一方面，由于频繁的文化交流、碰撞、裂变，原生态的壮族武术也发生了根本变化，最大特点就是南拳化。这一类壮传武术以防身健体为主要目的：拳术风格沉酣稳健、舒展大方，拳势刚烈、迅猛连贯、节奏分明，讲究弓、马、桥、手等南拳技巧，具有一定的实战性及观赏性，小部分保留当地壮族武术的特色。

三、现代壮拳。指新中国成立后新编的壮族武术，主要是竞技表演和武术套路。

5. 问：这些壮拳目前情况如何？

答：（1）古壮拳的情况不容乐观，原生态的壮族武术已经到了濒临灭绝的地步。中央民族大学体育学院韦晓康教授及张延庆教授经过多年的反复实地考察和资料考证认定：目前能够确定为古壮拳的武术仅有昂拳、傅家拳、黄氏家拳，而且这些拳术大部分都已经残缺了。2017年广西百色市古壮拳协会成立，通过对古壮拳的广泛调查，残酷的现实摆在我们每一个壮族人的面前：在昂拳的发源地广西平果榜圩镇，昂拳已经绝迹，令人痛心不已！

（2）近代壮拳（壮传武术）的情况要好一些。20世纪国家体委公布的壮族武术大概有40种，目前我们能够看到的壮族传统武术就是这一类。由于当时的条件限制，大部分的壮拳其实是南拳套路的变异，那么这些拳种里有没有古壮拳的存在呢？目前还没有定论。

（3）现代壮族武术，是新中国成立后为了需要，人为编排的一些表演性质的武术套路，已经完全竞技化了。这一类武术由于没有自己民族的特点，没有社会历史价值，虽偶尔供表演使用，但基本上都躺在一些专业院校档案库里了。

6. 问：真正的古壮拳应该是怎样的？

答：首先，古壮拳要具备三个特征，这是不可替代的。古壮拳的三大特征：民族性、民俗性、地域性。

（1）民族性。壮拳首先是壮民族的武术，其主体是壮民族的文化，壮拳体现了壮族人民坚韧不拔、奋勇向前的民族特性，这正是壮拳的精髓所在！

（2）民俗性。壮族拳法有明显的民族风俗，大都有传统的仪式。尤其是古壮拳，有拜师、下马拜师等一系列动作，留有古代壮族军旅生活的痕迹，具有一定的学术价值。壮拳的动作招式是使用壮语命名的。

（3）地域性。壮拳主要流传于壮族地区。

7. 问：如何鉴别古壮拳，可否讲细致些？

答：这个问题比较复杂，需要具备一定的专业知识，主要看几方面：

（1）要证实某武术是壮族地区流传多年的本土武术，要有古拳谱，文献资料记载，有明确的传承记录，且通常这一类武术都掌握在土司手中。

（2）拳术原始、分布分散，缺乏作为武术的系统理论体系。由于土司制度的高度封闭性，武技只能保存在土司领地的范围内，因此形成比较分散分布的局面，各地的壮拳亦有一定区别，但彼此又有着十分密切的联系。

（3）有古壮族武术的基本特征。有完整的出征及回朝拜师舞蹈及礼仪，俗称"有头有尾"，如祈祷舞、展示舞以及出征礼、上马礼、下马拜土司、回朝礼，其中的军旅武术痕迹和壮族风俗习惯明显。

（4）古壮拳的动作。单调古朴，招式较少，战场上以杀戮为目的，所以多偏重膝肘类重杀伤击打动作。又因为是军旅武术，讲究群体作战、统一进退，所以动作幅度小，步法移动快，根本不可能做到动作幅度大、施展范围广，因为这容易暴露空门及造成队友伤亡等。所以在外人看来古壮拳各招式之间衔接性、协调性以及整体观赏性不高，根本上不了厅堂。以昂拳为例，给人感觉就是"低头哈腰鬼头鬼脑，无弓（步）无马（步），快慢无章，类似猴子满山跑"。"低头哈腰鬼头鬼脑"，利于防弓箭、利刃攻击；"无弓（步）无马（步）"利于快速进退。"快慢无章"，利于进攻防御的突然性；"类似猴子满山跑"，是不与敌人正面硬拼。

（5）在中国古代羁縻制度下，土司控制属地的百姓"战时为兵，闲时为民"，要使普通的农民一夜之间变成英勇无敌的战士，那么只有取法为拳，使用古朴且简单易懂的拳式，攻击意图明确，完全摈弃武术中复杂、烦琐、细腻的技术——如掌法、标手、勾手、虎爪这类动作在战场上不切实际，根本不会出现在古壮拳动作中。又如马步、弓步等动作过于讲究，重心偏低，会影响快速移动的效果，这一类功法在单打独斗中尚可，但在群体战场上是不适应的——战场上瞬息万变，快速移动攻防是关键。又如古壮拳主要用于应对战争，在战场上注重杀伤性击打，拳术主要强调拳打、脚踢、头撞、膝顶、肘击、肩冲、撕咬等，全身皆武器，无所不用其极，力求一击必杀。

（6）古壮拳的招式名称体现特有的民族性。如招式毒剖扣恭（螃蟹捉虾）、毒歪腾梅（水牛撞树）等，都是壮民平常生活所见，形象生动地表明每个招式的格斗意图，易于领悟。

8. 问：目前昂拳是公认最具代表性的原生态古壮拳之一，也可以说是古代壮族武术的代表，有什么特点？

答：其实上面在鉴别古壮拳时也说过一些了，昂拳除了具备上述条件，还有以下几个特点：

（1）悠久的历史。发源于广西平果榜圩的昂拳，是当地黄家土司历代一直沿袭的武技，至今已有400多年的历史。昂拳传承有序，谱系完整，是国内迄今发现的最具代表性的原生态古壮拳之一，也是研究土司文化的"活化石"。

（2）完整的拳术拜师礼。昂拳是至今为止发现的少数具有完整拜师礼的古壮拳，有上马、请令、打马、插旗、盘旗、回朝、献礼、下马拜土司等一系列礼仪。礼仪非常讲究。

（3）以拳练刀枪。昂拳每招每式均可变为刀、枪的套路，这是因为狼兵的半农半兵性质，就是战时为兵，闲时为民。在土司严厉的制度统治下，峒民经常被强迫练武，平日一般不给配发武器，峒民只有在田间地头自行拿生产工具（如锄、木棒）或者徒手训练，同样的一套拳法，可以拳械互换，空手为拳，持械为兵，也就是我们常说的拳械合一。

（4）擅长攻击，以短降长。不论是战场上还是现实生活中的打斗，绝不会像擂台赛上的你攻我防，真正的搏斗（尤其是战场上兵刃格斗厮杀）绝不可能出现你来我往的对打，往往几秒或者一瞬间就结束战斗了，根本没有时间让你防守，只能连打带防，这时候进攻的分量就会大得多。古壮拳动作隐蔽、幅度小、杀伤力大，是近身肉搏及以短降长之技。

（5）只有前进，没有后退。这是军旅武术的一个鲜明特点，因为古代战场上对阵，是集体作战，前排的士兵必须是最强大的，无论从武技还是心理，都直接影响后面的士兵。"一人回头则千人迟疑，一人退后则万人溃败。"所以士兵临阵时只能突进或左右迂回。

（6）以轻搏重。昂拳最初是被运用于战场杀敌的武术，为了达到杀伤效果，使用者往往不择手段。在古代壮族地区土司制度严苛的军事纪律和残酷的惩罚措施之下，一名狼兵牺牲往往被看成是至高无上的，而投降背叛意味要灭族。所以上战场就要冲锋陷阵、不畏生死，通常也会有与敌以轻搏重的战术性打法。所以在拳术中用膝、肘、咬等强杀伤性的招式较多。

9. 问：古壮拳与其他武术，比如泰拳、散打、跆拳道和传统武术相比有什么区别吗？有没有独到之处？

答：武术的技击原理不外乎利用自己身体最强壮最坚硬的部位，击打对手最薄弱的部位，以达到战胜对手的最终目的。纵观当今世界的各类武术，泰拳、空手道、拳击、跆拳道、散打等莫不如此。拳法名称诸多，但基本上都是直拳、摆拳、勾拳，毫无特殊，但是经过组合运用，就构成千变万化的招式。这些招式经不同的拳手使用，个人掌握程度、侧重及喜欢等有所不同，又形成各自不同的风格。

古壮拳是一门古代格斗技术，从战争脱胎而来，是古代壮族人在广西丘陵山地、丛林遍布的地形地貌作战的武术。这注定昂拳具有明显的地域性，即擅长灵活、快速移动，讲求一击必杀，不与敌死缠烂打拼力量，也就是我们俗话说的"能打就打，打不过就跑"。所以壮拳的风格被通俗地表述为"低头哈腰鬼头鬼脑，无弓（步）无马（步），快慢无章，类似猴子满山跑"，这就是特定环境因素影响造成的。

壮拳作为原生态、古老的拳种保留了很多在国际武术搏击擂台赛禁用的技法，没有得到很好的发展，与现代社会严重脱节，因此境况是极为危险的，如此下去壮拳的命运是可悲的。这种境况是没有科学系统理论指导，壮族文化传与承的断裂造成的。

10. 问：既然泰拳、散打、巴西柔术等搏击在擂台赛上已一统天下，而我们中华武术文化更是博大精深，那有什么必要挖掘发展壮拳呢？

答：这个问题问得好，正如现代社会普通话广泛流行，成为人们生活社交不可缺少的交流工具，那么为什么要保留我们的方言呢？其实就是这个道理，我个人认为主要有六个方面：

（1）民族情感桥梁。壮拳是几千年以来壮民族的优秀文化结晶，同时也是中华武术的组成部分，是古代先民留给后人的丰富遗产，不仅是搏击术，还凝聚壮族人民千年情感，承载壮民族文化历史，体现壮民族勤劳勇敢、坚韧不拔、不畏强暴的优秀品质。只有民族的才是世界的。通过了解壮族文化，我们能增强民族的自豪感及归属感，构筑和谐平等的社会。

（2）壮拳与东南亚各民族武术关系的研究。壮族与东南亚各民族有着千丝万缕的联系，古壮拳是流传于岭南一带的古代壮族武术，又被誉为南拳始祖，与古泰拳、古缅甸拳、高棉拳等古老的武技有十分密切的渊源，格斗技巧、内容及风格相似达60%—80%。很多学者认为这些拳种是由当年侬智高的部队留在当地的武术演变而来，其中古泰拳的

"奔南"被部分专家认为是壮族语言"回家"的意思，"奔南拳"就是"回家拳"，体现当时作为雇佣军遗留在东南亚的壮族士兵，思念故土盼望回家的一种思乡情节，但这一观点目前在学术界还没有得到论证，所以通过研究古壮拳可以从另一方面找到突破点，具有重要的历史学术研究价值。

（3）还原古壮拳本来面目与真实的历史。嘉靖三十三年（公元1554年）倭寇来犯，朝廷软弱无力，屡战屡败。在民族危难时刻，田州土司壮族女英雄瓦氏夫人亲率战士驰骋千里，奔赴东南沿海参加抗倭斗争，一支强悍的兵种——"狼兵"凭高超的武技在抗倭前线冲锋陷阵，所向披靡，屡建奇功，打破了倭寇不可战胜的神话，迅速地扭转了战争局面，获得了"广西狼兵雄于天下"的称号，后来成为明军中最精锐的部队之一。抗倭名将戚继光、俞大猷曾吸收壮拳技艺训练他们的队伍大败倭寇，由此，壮拳传入江浙一带。壮拳的广泛流传对江浙、福建、广东沿海一带的武术发展，对中国武术文化做出了贡献。这些都具有学术研究价值，可以还原此种武艺与真实的历史场景——军旅武术的本来面目，例如设阵布套、单兵配合、攻守阵法、器械使用等。

（4）古壮拳拜师礼文化价值。仪式与文化的牵连是一种文化丛结，是不能脱离当时的历史背景的，土司的军事制度对武术的影响，例如严苛的军事纪律、残酷的惩罚措施等，都对武术的遗存形态起着至关重要的作用，这些也是研究土司文化的好题材。

（5）当今社会的研究价值。古代壮族人独特的技击术也有值得借鉴的地方：在山地丛林、楼房、街道等实际生活环境中格斗，决定生死存亡的厮杀技术具有一定的价值，尤其是狼兵独特的行军布阵及战术思维、兵器、毒药、壮医、壮药等对现代搏击、军事、医药学都有研究的价值，也还原了历史时期概况。如果不及时挖掘收集，后果不堪设想，我们的民族文化荡然无存，被他人同化是不可避免的！

（6）壮拳的历史就是壮民族的历史。壮拳是壮民族先民在生活中与猛兽搏斗，参与战争等血腥的生死存亡中积累的格斗技艺。壮族先民的强悍、骁勇善战举世闻名，壮族武术就是致胜血腥战场的武力及艺术的智慧结晶，有战争就必定有武术，战争催化武术的发展。壮族有几千年的历史文化，故壮族武术也存在数千年的历史，这是不可否认的事实！给那些"天下功夫出少林""壮拳是南拳的演变"等观点一个响亮的回击！

11. 问：现在有什么计划吗？

答：有的。2013年，国家主席习近平提出共建"一带一路"倡议，更加促进了中国与"一带一路"沿线各国的互利合作，广西一跃成为中国与东南亚国家开展交流与合作的桥头堡和首选地。

广西与东南亚国家人文关系密切，不仅生活习俗相似，而且在传统体育文化上有着许多相同或相通之处，民族体育已成为广西与东盟交流的新亮点。目前，我国已经有许多学者关注、研究壮拳，发表了瓦氏夫人、壮拳等相关学术成果。百色又是壮族武术兴盛之地，有着富饶的文化土壤。

为了更好地弘扬壮族传统文化，可以通过挖掘和整理古壮拳文化资源，发挥古壮拳文化在对外交流合作中的桥梁作用，加速中国与东南亚国家在经济、文化、教育、旅游等方面的交流合作。2017年，政府带头支持，经多方努力，成立了广西百色市古壮拳协会，专门从事壮族武术研究，这具有划时代的意义。

（1）有利于挖掘、整理、研究和推广壮族传统武术文化。

（2）有利于对外推广壮族武术文化，对内挖掘狼兵武技，整理古壮拳项目，为非物质文化遗产保护提供一定参考与帮助，在"一带一路"的大背景下，构建文化共享、合作与交流的国际关系。

（3）有利于广泛宣传和组织群众参加相关古壮拳活动，增强人民体质，提高传统武术竞技水平；参加国内外相关传统武术比赛。

（4）有利于承担委托的武术竞赛培训和群体任务。

（5）有利于举办古壮拳协会年会，加强与国内外各类武术机构联系，积极开展壮拳文化相关学术活动。

（6）有利于组织古壮拳审议、鉴定、培训、考核、评选等相关活动。

（7）有利于拓宽资金筹措渠道，增强自我发展的能力和后劲。

2018年1月1日于广州

论桂西壮传武术的历史形成与传承

壮传武术是指历史中不同时期，由外省传入桂西壮族民间的传统拳术，其中包含了以白鹤拳、洪拳蔡家拳、洪头蔡尾拳、蔡李佛拳、五行虎拳等为主的南拳，也有以陈氏、杨氏、吴氏太极以及形意拳、八卦掌、八极拳、查拳、鹰爪翻子拳等为主的北方拳术。这些拳种在壮族民间广为流传，影响颇广。

随着土司制度的传承和作用在壮族地区逐渐地没落与淡化消亡，原生态的壮族武术也渐渐消失在人们的视野之中。这也导致了20世纪80年代国家体委、武协在倡导的挖掘武术工作，由于对少数民族武术的局限性了解，以及原生态武术的隐蔽性，就把融合了当地特色形成的白鹤拳也当成壮拳整理上报。随着改革开放数十年来的进步，各家拳种的浮现，为免除混淆，为壮拳正本清源正是当务之急，兹将壮传武术做出以下整理归纳：

壮传武术形成的历史阶段

清末由流民及反清人士为避祸流亡至此而传入

民国时期因北派武术南传而形成

新中国成立后为响应全民健身运动而推广传入

壮传武术的源流及技术特征

　　壮传武术最早出现于晚清，白鹤拳由福建人传授给百色地区田阳人士黄丕赓，再传黄广有。黄广有传于其子黄已善、黄正机。并于民国后期由黄家兴开始传于其子黄景堂、黄大略、黄礼贤、黄祖全等人。再到本世纪初，黄大略、黄礼贤两位先师因收下百色拳师陈世昌为关门弟子而使此脉武术得以继续传承。其拳路分为白鹤扑水、白鹤打桩、白鹤文珠、白鹤正天字、白鹤天字功五套。器械则为白鹤棍和白鹤双刀。

　　清末时期随着天地会的活动，在广东拥有相当古老历史的洪拳也悄然在桂西流传。百色城的洪拳为洪帮人士腾耀所授，传于其子腾建荣，老人家目前仍然健在；另一支则由田阳何氏族人带至百色城，传有数代，目前以百色老拳师何灿琪及其徒弟陈世昌为代表性人物。此拳术有别于广东地区盛传之洪拳，其特点为出手八分、走马穿桩、短桥发力，以虎鹤手为主。脚法则有弹腿、反身鬼脚、锄头脚。功法训练有"动式、定式、短桥、抓手"四种。

　　民国时期，广西陆川下江人士周汉雄以教拳卖药为生，足迹遍及越南、崇左、南宁、隆林、柳州，后定居于百色太平街。周老拳师师承玉林地区最为出名的清末老拳师周四叔，其所传功夫为五行虎拳。周老拳师功力深厚一生罕逢敌手，行拳震地有声、虎虎生风；其于20世纪60年代传功于百色拳师卢微，再传陈世昌拳师。周汉雄先生于1968年逝世。此拳法以直捶、抛捶、虎爪、插掌、标指为主。肘法有顶肘、级肘、挑肘，并以弹腿、蹬腿、扫腿为辅。此拳法十分注重内功训练，共分十二式，有吸、闭、呼等训练法。

广东新会、佛山等地盛传的蔡李佛拳在百色、田阳等地也极为流行。田阳壮狮传承人李永茂老拳师为蔡李佛鸿胜派代表性人物。百色城的蔡李佛拳是由谭三高徒兼女婿何明坤自广东新会带入的。当代的代表人物为其子何永光先生，曾于20世纪80年代任自治区武警总队教官，也是武警全国比赛套路冠军。何明坤老拳师在2006年以96岁高寿逝世，其所传的蔡李佛拳为北胜派。

民国时期流传于百色地区的还有宋四伯、青帮人物李亮（烧猪亮）所传的蔡家拳，传承人为卢微老师。此拳是广东蔡展光于乾隆初年所创。拳法特点为快速多变，因势利导，主攻偏门，离桥抢攻，消身借力。主要步型为三角马，手法以凤眼拳为主，攻时讲究垫步进攻，防时退步侧身躲闪。

随着民国时期北拳南传的趋势，精武会陈洪书、陈志鹏、徐静波等老拳师将鹰爪翻子拳、谭腿、螳螂崩步拳等传入省府，再经由那里流行于桂西大地。其后中央国术馆伍少周、姜星五、张仿、张云雷、马裕甫、赵鹏等教官也将八极拳、形意拳、查拳、八卦掌带入。在百色地区，八极拳术由百色百胜街人黄道斌所传承教授，此人20世纪40年代任百色保安司令部武术教官，传人有卢微老拳师。

徐森是民国初年生人，为广东佛山人士。其于20世纪50年代至百色火电厂任工程师，并在自治区1958年传统武术比赛中获得第三名。徐森传授的是洪头蔡尾拳术，其子为百色老拳师徐英杰，也是其当代代表人物，一手八卦枪法耍得出神入化。

以上为桂西地区盛行的南北拳术之概述。

从昂拳看壮族武术与古泰拳的关系

简单来说，壮拳就是壮族武术，它的历史源远流长，可以远溯到远古时代，壮拳在唐代即形成流派，一千多年来广泛流传于桂西南一带。

宋仁宗庆历年间（公元1041—1048年），南下之人贬称此拳种为"南蛮"拳。著名的壮族义军首领侬智高精熟此拳械，并将它广为传播。王安石曾称誉粤右良兵，天下称最。壮族先民的强悍、骁勇善战是举世闻名的，壮族武术是建立在血腥战场上的武力及艺术的智慧结晶。古代壮族武术主要形成于战场格斗，以不同地势环境中的厮杀为练兵手段，故多以应变能力著称，才有了"广西狼兵雄于天下"的说法。

1993年，本人在广州与泰拳选手进行交流，泰方教练员把昂拳误认为缅甸拳。2007年，本人将昂拳套路视频上传至网站，流传甚广，但一度被网友认为是古泰拳，更有甚者，该视频也在泰国、马来西亚国家等地流传，直接被改名为"古泰国传统武术"，难道昂拳与古泰拳、缅甸拳那么相像吗？

目前，中央民族大学体育学院及广西百色市古壮拳协会经过多年挖掘探讨，最后确认：昂拳、黄氏家拳、傅家拳三种拳术为原生态古壮拳，其中昂拳的历史可确定为413年，有清晰的师承脉络，谱系完整有序，有独特的拳舞。由于昂拳是最具代表性的原生态壮族武术，故本文将昂拳作为代表与古泰拳、古缅甸拳进行比对分析。

（1）招式风格相似。1832年，在泰国考古发现了古泰拳的拳谱，目前可以看到记载古泰拳拳谱的部分图片，从20多张图片中可以看出其与古壮拳有一个共同点：双方的风格都是"鬼头鬼脑，不弓不马"。古泰拳格斗姿势与昂拳的"骑马式""打马式""猴面式"一致，技法主要是拳、脚、膝、肘、摔及反关节技，其中肘、膝技术较多，在20多张古泰拳招式的图片中，可以看到与昂拳招式相似的达12张左右，几乎达60%，唯独没有昂拳的咬技。这些与现代用于竞技的泰拳有比较大的区别。

（2）技法相似。技法动作基本一样，多用肘、膝重创技法，强调进攻不鼓励后退步法。

（3）部分功法名称相似。昂拳里肘法称"所"，膝法叫"扣"，而在古泰拳里，肘法叫"索"，膝法叫"究""球"。

（4）拜师舞（礼）相似。昂拳与古泰拳都有拜师舞（礼），在古泰拳称为"拳舞"，是拳手上擂台进行比赛前进行的一种祈祷拜师礼仪，唯一不同的是泰拳的拜师礼是在比赛前在大庭广众前展示，祈求神灵庇佑及调节，而昂拳的拜师礼多用于土司间交流礼仪，是征战前祈祷及甄别部队时使用的，一般是不能让别人看到的，目前国内传统武术还没发现这一类仪式，唯独古壮拳有独特的拜师礼。

其实昂拳根本不是泰拳，在2017年7月份由中央民族大学张庆延教授组织的第一届广西古壮拳百色研讨会上，百色著名拳师何灿琪证实：在1987年本人拜他为师学习散打时，他曾经见过昂拳并提出一些建议。

从表现上看：昂拳作为古壮拳的代表与泰拳、缅甸拳最为相似，部分招式及拳舞，与泰拳、缅甸拳相似。古壮拳与古泰拳、缅甸拳为什么有那么多的共同点，这就引出了学者诸多疑问：古壮拳与古泰拳到底是什么关系呢？泰拳、缅甸拳是不是僚人武术（壮拳）的一个分支？目前国内外学者对此持有不同的见解，众说纷纭，但还没有直接的证据显示壮拳与泰拳、缅甸拳的直接关系。

有学者认为由于历史渊源的关系，壮族和傣、布依、泰、掸、岱侬、老挝族这些民族在生活习惯、风土人情及语言上多有相似，所以在武技方面风格基本是一致的。但这些不能证明说古壮拳与古泰拳的渊源关系，因为人类在战场上厮杀本能地趋同。纵观人类古代历史，从古希腊奥林匹克拳击雕像，到古高棉吴哥窟石壁画的格斗场面，人类原始战斗姿势是一致的，技法也都如出一辙。

有学者认为由于壮族军事对东南亚地区的影响力巨大，而战争是催生武术的发展进步最主要的原因。侬智高反宋失败后，大批壮族人跟随侬智高逃入大理国，逃到大理国的军民有13万以上，其中不乏有武艺高超的士兵，所以仍然保持有一定的军事力量。从何正廷《侬智高率部落籍元江行踪考》可知侬智高率余部退入云南大理，落籍元江一带，开荒垦种，创家立业，其影响深远。其后裔广布于滇西及东南亚地区，并保留着传统的语言及生活习俗。其中有对壮族军事的论述：宋时侬智高起义失败后，背井离乡，辗转来到广南，进入元江、绿春等地，他们蓄谋东山再起，农耕之余，便练习武艺。

根据云南省、州、县三级志书记载，广西和广南、富宁地区的壮人除了逃到贵州外，逃到大理国的有13万以上，为了生存，最后的壮族勇士作为雇佣军，以极强的武力帮助老挝民族建立兰山王朝。后来泰国的兰纳王朝及素可泰王朝，在军事战术上都部分参考了壮族军队的战术，壮族军事艺术对东南亚地区的影响力很大。1999年4月在广西武鸣召开的壮学首届国际学术研讨会，老挝和泰国的专家、学者发言证实了这一点。

泰国玛哈沙拉堪大学教授本翁凯塔特说："12世纪初，侬智高后裔的部队到泰国北部参与建立了兰纳王朝，有一部再到泰国中部参与建立了素可泰王朝，为泰国的早期统一做出过贡献。"老挝万象中华理事会中文特聘译员、副教授通肯·坎塔古温介绍说："12世纪初，侬智高后裔部队有两万多人进入老挝，在丰沙里硼勃拉邦建立了兰山王朝，首府就在硼勃拉邦。由于逃难的壮族人杂居于异族异国之中，其后裔就渐化为异族异国之民，不过，至今他们仍视侬智高为带领始祖逃难的英雄。"

法国人菲利普·德维耶所著的《老挝》一书认为："根据种种迹象判断，大部分泰佬人是从云南经红河上游河谷、奠边府，大约在公元11世纪到达湄公河的。他们同吉蔑帝国和素可泰王国建立了联系，他们在湄公河左岸南甘河口建立了芒斯瓦（孟骚）公国，定都香东（后来的琅勃拉邦）。"孟骚当是云南地方文献中的猛老，即老挝。公元11世纪从云南红河河谷南下老挝建国的泰人，可能是侬智高所领导的部队。

　　然而，以上的观点均是专家经过论证推测的结论，虽然军事机构对武术体系的影响非常重大，即使有证据说明壮族士兵在古泰国、老挝当地以雇佣军的身份参战，但也无法直接说明古壮拳与古泰拳、古缅甸武术的渊源关系。不过"狼兵鸷悍，天下称最"，壮族先民的强悍、骁勇善战是举世闻名的，这是不争的事实。

广西古壮拳（狼兵武技）
——昂拳体系

昂拳是流传于广西平果榜圩、田东思林及都安县江南乡等地方的一种本土拳术，有时也称为军拳。昂拳为现今仅存的广西古代狼兵实战武技之一，至今已有四百多年历史，且传承有序，谱系完整，是国内迄今为止发现的最具代表性的原生态古代壮族武术之一。初步考证它是明清时期土田州下恩里（今广西平果市榜圩镇乐圩村）世袭里目黄氏土司历代承习的拳术。

该拳术可追溯历史，据称因当地平叛贼人之乱，黄氏土司（具体名字不详）率兵至平治江南一带驻守，昂拳作为黄氏土司训练峒兵的一种作战武艺。这种用于应对战争的武技一直延续到明末清初改土归流后，即使解放初期，还一直被保留在黄氏家人手中秘密练习，传到恩师黄孟健已经是第十一代了。

从历史发展观及唯物辩证法的观点看：昂拳应该并非个人所创，而是千百年来壮族先辈们在不断的战争实践中经过火与血淬炼的武术技艺。

"昂拳"的"昂"字，在当地壮语中有"凶狠的""厉害的"及"硬的"之意。昂拳的招式名称全部使用农村生产生活常见的事物来命名，均为朴实无华的壮语，如毒剖扣恭（螃蟹捉虾）、毒歪腾梅（水牛撞树）等，形象生动地表明每招每式的格斗意图，易于领悟。

作为广西古代壮族土司训练狼兵的实战武技之一，昂拳自有其特点。

1. 礼仪：昂拳的礼仪是拜师礼（舞）。拜师礼是古壮拳最核心的内容，其作用有：

（1）是土司用于交往互敬的礼仪，如同春秋战国时各诸侯相见的互敬礼仪，表示对对方最崇高的尊重，庄严而神圣。同时拜师礼也是领主地位的象征，如一方冒犯、不尊重对方的拜师礼，就等同于向对方宣战，再相遇就是刀兵相见，可见拜师礼之重要性，故昂拳中有"教拳不教舞"之说法。在不同官阶的土司、不同兵种之间的交往互敬中，拜师礼是一种礼仪，是对贵宾最崇高的尊重。

（2）是狼兵出征前的祭祀祈祷仪式，也就是昂拳的"内功"。先辈认为士兵在战场上决定其生死的因素是勇气。战场上激发士兵勇气是最重要的，任何武器、武功都是次要的。要激发起勇气，克服心理恐惧是最主要的修炼方法。拜师礼的目的是通过对先人的祷告，祈求祖先神灵护佑自己变得勇猛无比、攻无不克、战无不胜，通过自我催眠、暗示的方式使自己完全进入自我的状态，忘却一切对强敌的恐惧。所以拜师礼也是昂拳一直秘而不传的绝技了。用现代的思维来看，壮拳内功在于实战的磨炼，用现代的术语说就是心理素质方面的磨炼。

（3）是土司部队人员互相甄别的方法。不同的兵种由于兵器装备的不同，所以其拜师礼均有不同。刀盾兵、骑射兵、长枪兵战法不同，各自有自己的方法来表示身份，所以不同的兵种之间的拳舞就有所区别。昂拳的拜师礼有起势"拜师"、收势"谢师"，中间有上马礼、打马、插旗、树旗、下马礼、回朝礼等礼仪。持不同兵器的兵种则有抖甲、拍盾、抖抢、拉弓等礼仪，亦为战前检验兵种的手段。

（4）检验装备。上战场杀敌前接受土司的检阅，士兵通过不停的跳跃、舞动等肢体动作来检查自己的装备是否紧凑舒服，因为在战场上一个细微的纰漏就足以致命。

2. 昂拳兵器8种：长枪、长刀、刀盾牌、标枪、双刀、弓弩、毒箭、纷撒刀（壮语，一种重心前置无护手的长砍刀）等。

3. 昂拳技法：作为战士训练杀敌的武技，昂拳师法自然，拳械通用，以拳练刀枪，拳势古朴，发力蛮拙，攻击意图明显，特别强调以特殊手段磨炼胆量和意志，激发本能战斗。

其拳法、兵器、徒手格斗术共有8套，每套拳术代表一个兵种的格斗技法，均有各自的拜师礼及暗语联系方式，如啊亚武、公达顶。至今还无法破解其余的暗语，可惜的是大部分已经失传，现仅存2套半，总共51个招式，为刀盾兵及散兵武技。除去其中重复的动作及拜师式，现存真正招式是43招，拳术中的每招每式均可由空拳变化为刀、枪的套路演练。这是由狼兵"半农半兵"的性质决定的："战时为兵，闲时为民。"在土司严厉的制度下，峒民被迫经常练武。平日一般不配发武器，峒民只有在田间地头自行拿生产工具（如锄、木棒）练习或者徒手训练。同样的一套拳法，可以拳械互换，空手为拳，持械为兵，也就是我们常说的拳械合一。故其拳械技法通用性极强，一举多得，融会贯通，极大降低训练成本。

（1）徒手技法：拳打、脚踢、肘击、膝撞、头顶、肩冲、撕咬、夹手（类似反关节技法）8种技法。

（2）刀法：砍头、抹颈、刺心、破腹、剁手足。又称纷撒五刀。

总体而言，昂拳与国内传统武术套路风格有所不同。它是由许多招式组合而成的，在每个动作的前后一般都要停顿，变换格斗姿势，等待下一个招式的演练，例如：打马式换骑马式、左右换招等。昂拳与古泰拳、缅甸拳等东南亚古拳非常相似，套路及功法训练，甚至拜师礼的相似度竟然达60%左右。也有些类似现代军警的军体拳、擒拿术等，但与传统武术讲究的连贯性、协调性、节奏性等风格差别比较大。

4. 战法：有长枪术、刀盾术、双刀术及纷撒刀术等8大类，大部分已失传了，现留存下来的只剩刀盾术与散兵术。兵器格斗技刀盾术可分单兵术、双练和多人战3种操练：

（1）单兵术：重要的是单人练习，动作幅度较大，左右兼顾，用于战场上单兵陷阵、个人厮杀突围及单兵打斗等，强调个人的能力。

（2）双练：两人一起练习，强调动作协调一致，左侧防左，右侧防右，向前突破，侧向防守等。是形成左右兼防，左右合力杀敌的一种简单有效的打法。

（3）多人战：三人、四人、五人均可组合，此阵法非常有特色，可以随意组合，在打斗过程中可以随意加入一两个队友，而阵法的结构仍然不变，形成一个简单实用的组合。是分工明确，相互依托，共同进退，协同杀敌的小型阵法，可以发挥团队协作及各类长短兵器的最大杀伤效能。

5. 阵法：已基本失传，从先师黄孟健口述中略知一二。与众所周知的瓦氏夫人的"七人阵法"有区别，但都军法要求极其严厉，强化团体协同配合，战术分工明确。黄氏家族中有五人阵法，"长枪在前，两侧刀盾，双刀断后"，五人阵由长枪手（伍长）、刀盾兵（带标枪）、弩兵（带刀）、双刀兵组成，5人形成"箭矢"样结构阵型，箭头破坚，箭翼切割，箭尾平衡（补给）。对敌攻击时直取中门，两翼游走（刺中门，割两翼），直进中门诱敌深入，进而分割截断，包抄歼灭，绝无后退，从两翼撤离，阵法十分简单而粗犷，但非常实用。

6. 功法：昂拳基本功训练是最重要的基础之一。

（1）挡木：练腰、肩、肘、腕抗击打及平衡能力，类似壮族的两人对抗的扁担舞，也称打木，是双方用棍棒进行相互碰撞的一种对抗的训练方法。古代战争的战场上，敌我面对面厮杀，不论是群体对阵作战或是单兵搏杀，均无法避免与敌进行碰撞，这种强对抗直接关系到敌我双方的死生存亡。"挡木"这种貌似简单却十分凶狠实用的传统技法，讲究快速灵活、实效性，在实战中的运用可千变万化，演变数十、数百招式，其实用性及威力是不容置疑的。棍棒的上中下各点面均可发力，力量角度转换包含很多物理运动学、力学原理，传统武术中所谓的四两拨千斤、借力打力、连消带打，莫不是人类在实战中得到的智慧的结晶，要精通运用，并非一朝一夕之事。

（2）搓棍：主要训练肩部的灵活性。

（3）顶木：单人训练是用一条木棍，一头顶在腹部，另一头顶在地上，不断地来回走圈，功夫高者可以悬空旋转，主要是训练抗击打及平衡能力；双人训练就是腹部顶杠，老少皆宜，练腰腹顶抗之力，两人相互顶木，将另一方顶翻者为胜。

（4）顶木球：主要是对肘部的训练。抬起肘部，取"平肘"位（就是肩膀与肘关节、前臂平行），在肘关节部位上放置一个小木球，通过上下左右抬肘运动，不停击打木球，像用球拍玩乒乓球一样，保持木球不跌落，可以左右轮换。通过如此反复的训练，肘部和肩部的灵巧性可以得到很大的提高。

（5）双手落（壮语，名称不详）：将一段比较重的木头缠在左手臂上，进行上下格挡，主要训练持重型盾牌的力量及反应速度。

（6）砍飞木：取一条长40—50厘米的木棒，将它用力向上抛，然后趁其下落时用手中的刀剑快速来回劈砍。木棒向上抛得越高，下落速度越快，劈砍的次数越多，效果越好，对刀剑的控制能力越强。

（7）砍树叶：练反应及准确性。从山脚向山顶发起冲锋，沿途遇到每棵树木必须猛劈3刀，劈下3个树枝。再从山顶上飞奔而下，再砍再刺，这样周而复始，以高强度野蛮训练方法磨炼士兵的耐力及意志。古代狼兵十分重视在使用刀剑利器砍杀时的准确性、快速性及力量性等技巧，强调"一击必杀"的理念。昂拳在拳术训练上一直沿袭这种古老的格斗理念。

（8）滚盾：左手执藤盾，右手执短刀，像猫一样身体缩成一团，往地上连滚数个，并同时将刀砍出，上砍、直刺、下劈。主要训练士兵在战场上不慎倒地后，如何在极不利的情况下采取应变措施，保护自己，变被动为主动。据称，功夫高强的峒丁从乱石林立的山坡上滚下也安全无恙，有了藤盾的保护技巧，即使被战马踩踏也毫发未损。此法也用于左右刀盾兵在近战中互变阵式，迷惑及分散敌人的注意力，为队友刺杀敌兵及砍断敌骑马腿提供契机。

（9）踢布条：练腿脚的准确度及透劲。

（10）打牛皮纸：练拳击打的穿透力。

7. 内功心法：昂拳先辈认为士兵上战场最重要的是胆气，任何武功兵器都是次要的。故采取特殊手段消除心理恐惧，激发本能战斗勇气，这是昂拳"内功"修炼，是最为关键的，其方法也比较野蛮：要焚酒喝鸡血、睡棺材底，甚至要喝地下陈年棺材里的"尸水"，以及被关小黑屋子、暴打一顿，以打掉初学者心中的"恐惧"等，这些看似野蛮愚昧的手段，其实是逐层使用反常规、非人道的手段考验和磨炼士兵的胆量和心理承受能力，逼迫其刻骨铭心地体会到激发本能搏斗意识的重要性。经过地狱式训练过的战士无所畏惧，敢于赴汤蹈火，可死而不可败。

8. 伤科（佚失，待考）。

9. 游艺：棋谷（壮语，五子棋），佚失，待考。

10. 用毒：黄氏家族善用"药毒"，据称一直到民国期间还有人使用，此术源于古时对付大型猎物，尤其虎、熊、野猪之类的猛兽，在箭矢上涂上剧毒药（该毒对肉质无影响），可以瞬间将猛兽置于死地，以弱胜强。后用于军事，其配制秘方中主要成分为蛇毒及毒箭木汁等。另还有将迷幻物（毒蘑菇）及窒息性药物通过饮用水、食物下药及烟熏的方法，使人或猎物产生幻觉，从而丧失判断力和抵抗力。

现存完整的昂拳的拳谱：（1）拜师式；（2）起式；（3）骑马式；（4）打马式；（5）先人指路；（6）公达顶（壮话，不详）；（7）晒谷晒米；（8）杀虎插心；（9）一步砍虎；（10）打虎尾；（11）山羊顶角；（12）毒剖扣恭（螃蟹捉虾）；（13）野马仰身；（14）打虎尾；（15）南蛇缠身；（16）啊亚武（壮话，不详）；（17）毒歪腾梅（水牛撞树）；（18）度谷哈外（老虎咬水牛）；（19）平地砸雷；（20）躲身刺豹；（21）度谷刀轴（老虎回头）；（22）打马回朝；（23）下马拜师；（24）收式。

粗略统计昂拳现存的43个动作中，其中拳法为10个，腿法8个，肘法13个，膝法9个，头撞2个，肩顶1个，撕咬3个。从中可以看到昂拳对于肘法、膝法、撕咬等重创性杀伤性的招式尤为重视，强调一击必杀。

总体来说，昂拳的风格特点与传统武术的套路不同，却与古代泰拳非常相似，昂拳的风格可以形象概括为："鬼头鬼脑，不弓不马，快慢无章，类似猴子满山跑。"

2018年5月10日整理于广州

昂拳规定套路动作讲解

　　壮族武术源远流长，是中国武术的重要组成部分，千百年来，勤劳勇敢的壮族人民不断创造着优秀灿烂的文化。继往开来，在新时代下，壮族武术作为促进各民族团结友爱的桥梁，在增强中华民族凝聚力，推动社会主义文化大繁荣大发展方面，发挥出作用。这就是壮族武术所展现的以爱国主义为核心的民族精神，以改革创新为核心的时代精神。这是"兴国之魂、强国之魂"！

　　流传于岭南一带的古代壮族武术，又被誉为南拳始祖。"狼兵鸷悍，天下称最。"壮族先民的强悍和骁勇善战是举世闻名的，嘉靖三十三年倭寇来犯，在民族危难时刻，田州土司壮族女英雄瓦氏夫人亲率领战士驰骋千里，奔赴东南沿海参加抗倭斗争。一支强悍的壮族部队——"狼兵"，纵横在抗倭前线。"狼兵"凭高超的武技在抗倭前线冲锋陷阵，所向披靡，屡建奇功，打破了倭寇不可战胜的神话，迅速地扭转了战争局面，获得了"广西狼兵雄于天下"的称号。抗倭名将戚继光、俞大猷曾采用壮拳技艺训练他们的队伍，进而大败倭寇。昂拳也随之传入江浙一带，对江浙和福建、广东沿海一带的武术发展贡献巨大。

光阴似箭，日月穿梭，随着时代的变迁，壮族优秀的武术文化并没有消失，仍一直保存在八桂大地这片热土上，生根发芽，茁壮成长。为了继承和弘扬壮族人的优秀传统文化，挖掘古老的民族技艺，在英雄瓦氏夫人的故乡，广西百色市古壮拳协会将昂拳作为有代表性的古壮拳向社会推广。

此拳源于400多年前明代田州府狼兵武技中的刀盾术，其风格类似古泰拳、缅甸拳等东南亚地区的古老武术，动作刚猛、简练，拳械训练均可以变换使用。

（1）拜师式：站立姿势，双手自然下垂，双手握拳向下腹部靠拢，放置下腹部，拳面相对。

（2）起式：将双拳用力举过头顶，贴近额部，拳面朝外。

（3）骑马式：出征骑马姿势。右腿提膝，右前臂曲臂向右侧格挡。右腿跨出，轻踏地。

（4）打马式：原意是打马驰骋，扯马缰绳的动作。左腿提膝，左前臂曲臂向外格挡。左腿踏地，身体向左前方倾斜下潜，左手向前划出呈反抓手，然后双拳击出。

（5）先人指路：右腿低扫踢，同时右拳向下抡大摆拳击打，后右手臂曲臂变肘向前撞击。

（6）公达顶（壮话，语义不详）：双手曲臂护在胸前（呈拳击状），右脚蹬地，右肘向上顶出。

（7）晒谷晒米：右腿向前方迈半步，左手由左向右做揽搂的动作，至左腰际处，右肘自上而下砸击，然后身体左转，左肘向后撞击。

（8）杀虎插心：（二道发劲）接上姿势，身体左转成半马步，双手曲臂横于胸前，向下猛压，左腿向前一步，双拳变合掌向前插出。

（9）一步砍虎：左手做搂头动作，右膝顶出，同时右肘自上而下砸。

（10）打虎尾：横肘右摆，后右肘向前撞击。

（11）山羊顶角：双拳双臂下砸，头部向前冲顶，形如山羊顶角。

（12）毒剖扣恭（螃蟹捉虾）：双峰灌耳，后双手变抓手，弓步变马步，双手向下拉至胸前，再向前插出。

（13）野马仰身：双手回拉，右膝顶出。

（14）打虎尾：见前述（P53）。

（15）南蛇缠身：右手由左侧向前缠抓，左手向右前划出，双手交叉状击出，同时右膝顶出。

（16）啊亚武：身体稍下伏，右腿扫踢，后左肘顶出。

（17）毒歪腾梅（水牛撞树）：左刺拳，右大摆拳，右脚跨步，同时左右飞膝，右脚落地后，左脚上前一步，双手上勾拳，平眼眉部。

（18）度谷哈外（老虎咬水牛）：双手向前交叉抓出，用力回拉向下推压，身体向右旋。

（19）平地砸雷：身体向上跳跃，左手下压，右肘自上而下砸砍。

（20）躲身刺豹：右侧身呈半弓步，右直拳向斜方击出，左手搭在右手臂前，撩脚，左拧身摔法，右拳下砸。

（21）度谷刀轴（老虎回头）：右脚左转，身体右转，右手反鞭拳。

（22）打马回朝：双手双拳举过头顶，拳面朝外，脚呈交叉步。

（23）下马拜师。

（24）收式。

昂拳系统训练

一、基本功训练

（一）挡木训练：1.肘技。2.棍技。

（二）膝技：1.正顶。2.侧击。

（三）步法：箩筐步（踏马）——1.蛇步。2.猴步。

（四）拳技：昂拳的拳法为主，现代拳击为辅。打树叶、纸片。辅助：将报纸抛向高处，然后迅速用拳击打空中的纸张，在移动中将报纸击裂，可以训练出拳的反应速度、灵敏性、力量及准确性。

（五）攻防手训练——昂拳基本攻防：开门（海斗）、关门（关斗），古拳四架势。

（六）踢技：1.扫踢。2.直踢。3.铲踢。辅助：踢布条、丝巾等，将长而细的布条、丝巾等挂在屋梁上，进行扫踢训练，由于丝织物的柔软、韧性好，受击打后会改变方向，初学者很容易被缠上小腿，通过这样的练习，可以训练腿法的准确性、力量协调及穿透性。

（七）头技：1.正撞。2.侧顶。

（八）肩技：顶肩、抖肩、搓木。

（九）咬技（自学）。

旁练滚盾：猴跳、猫滚。

二、昂拳套路训练

（一）刀盾术徒手（昂拳基础套路1到2套）。

（二）传统昂拳1到2套。

（三）散兵拳（碎骨术、碎骨拳）。

（四）刀盾术器械（双刀、刀盾、纷撒五刀）。

三、实战训练

略。

四、内功训练

昂拳拜师舞。

五、阵法

（一）一人技。（二）二人技。（三）多人技。

六、暗器、伤科

略。

（注：四、五、六仅供入门弟子学习。）

格挡下砍

刀盾对枪：躲身劈砍

昂拳弟子合影

古代狼兵武技——纷撒五刀

纷撒五刀是古代广西狼兵用于战场上的武技。纷撒是壮族地区常见的砍柴钩刀，是一种生产劳动工具。在古代壮族地区的土司统治下，百姓"战时为兵，闲时为民"，一旦爆发战争，平时的生产劳动工具也就成为战场上的杀敌利器。因为砍柴钩刀是劳动人民每天必备的劳动工具，简单实用，顺手拈来，使用率极高，所以稍加练习就可以应用于战场。

纷撒五刀只有简单的五招劈砍动作，分别是抹颈、砍头、刺心、破腹、剁手脚，类似现代士兵训练的枪刺术，攻击意图非常明确，士兵很容易熟练掌握，这大大降低了训练难度，也是当时壮族人能"一夜之间由普通农民变成狼兵"的原因所在。

动作训练：

持刀式

抹颈式

破腹式

剁手足式

打虎尾

南蛇缠身（一）

南蛇缠身（二）

南蛇缠身（三）

平地砸雷（一）

平地砸雷（二）

平地砸雷（三）

先人指路

躲身刺豹

格挡砍下

实战技法演示：

剁手式

破腹式

砍头式

绊敌摔砍

刀盾对枪：刹足（脚）

图书在版编目（CIP）数据

昂拳 / 唐曲著. -- 桂林：漓江出版社，2024.1
ISBN 978-7-5407-9525-2

Ⅰ.①昂… Ⅱ.①唐… Ⅲ.①壮族 – 武术 – 文化研究
– 中国 Ⅳ.①G852

中国国家版本馆 CIP 数据核字（2023）第 157039 号

昂拳

ANG QUAN

作　　　者 唐　曲

出　版　人 刘迪才
出 版 统 筹 文龙玉
责 任 编 辑 宗珊珊
装 帧 设 计 牛格文化 + 牛依河
责 任 监 印 黄菲菲

出 版 发 行 漓江出版社有限公司
社　　　址 广西桂林市南环路 22 号
邮　　　编 541002
发 行 电 话 010-85891290　0773-2582200
邮 购 热 线 0773-2582200
网　　　址 www.lijiangbooks.com
微信公众号 lijiangpress

印　　　制 河北赛文印刷有限公司
开　　　本 710 mm×1000 mm　1/16
印　　　张 6.5
字　　　数 100 千字
版　　　次 2024 年 1 月第 1 版
印　　　次 2024 年 1 月第 1 次印刷
书　　　号 ISBN 978-7-5407-9525-2
定　　　价 78.00 元